KB270664

타전

황금알 시인선 65

타전

초판인쇄일 | 2012년 12월 22일
초판발행일 | 2012년 12월 31일

지은이 | 배재열
펴낸곳 | 도서출판 황금알
펴낸이 | 金永馥
선정위원 | 마종기 · 유안진 · 이수익 · 문인수
주   간 | 김영탁
편집실장 | 조경숙
표지디자인 | 칼라박스
주   소 | 110-510 서울시 종로구 동숭동 201-14 청기와빌라2차 104호
물류센타(직송 · 반품) | 100-272 서울시 중구 필동2가 124-6 1F
전   화 | 02)2275-9171
팩   스 | 02)2275-9172
이메일 | tibet21@hanmail.net
홈페이지 | http://goldegg21.com
출판등록 | 2003년 03월 26일(제300-2003-230호)

©2012 배재열 & Gold Egg Publishing Company Printed in Korea

값 8,000원

ISBN 978-89-97318-35-3-03810

타전

배재열 시집

황금알

| 시인의 말 |

그늘 두터운 나무 키우고자 했으나
비옥한 토양을 만들지 못하고
여린 나무로 선보입니다.
죽비 쳐 주십시오.
죽비 지난 그 자리마다 준비하는
다람쥐가 되겠습니다.

고마운 분들께 절합니다.

2012년 12월

배재열

차 례

2부

4부

1부

찰나, 환해지다

한 무리 참새 떼 날아오른다
입에 물린 노란나비 한 마리
저 처참한 아름다움

하늘에 핀
한 송이
경전

루핑집

가난에 밀려 낙점되어 온 땅
시멘트블록 칸칸마다 흙 발라 쌓고
흰 대들보에 듬성듬성한 서까래 위
숭숭거리는 구멍으로 별이 보이던
반자도 없는 그 지붕
차라리 펑펑 쏟아지는 눈은 이불처럼 포근했다
그 까칠까칠한 물막이 천막 아래 사람들
두부 반모와 잘 발효된 김치 가득한
냄비엔
성이 팔팔 끓었다
삶이 버거워 허름해진
마음에 꽃씨 담을 줄 아는 사람들
사발 속의 물이 꽁꽁 얼수록 씨앗 단단히 묻었다
청국장 냄새가 싫은 사람은 모른다
그 겨울도 따뜻했다는 것을
김치찌개와 청국장 냄새가 깊게 들어오는 날
그 겨울이 그리운 것은
그 루핑집은 아니고

1월

갓난아이의 눈에 담긴
탄생석

햇귀 솟아
어둠을 뚫고
핵으로부터
매끄러운 함성의 시작

관계

　잠자리 애벌레가 올챙이를 잡아먹고 자라는 육식동물
이란 것을 아시나요 그런데요 그 애벌레가 잠자리가 된
뒤에는 다시 개구리의 먹잇감이 된다 하네요 먹고 먹히
면서 살아가는 논리가 약육강식의 관계를 이루는 것 같
지만 실은 서로가 서로를 먹여 살리는 공생관계라는 거
지요 그러나 찔러도 피 한 방울 안 나고 앉은자리 풀도
안 나는 만물의 영장이라고 있지요 남의 피로 내 살을
만들지만 한 번도 내 살 남 주어본 적 없는 그런 부류 말
입니다 우주를 형성하는 것들이 살짝살짝 비껴가는 것
같지만 알고 보면 조금씩 세 살 닿아 공생하면서 산다는
거지요 그러니까 살짝 비끼어 사는 것은 비겁한 일 아니
라 어우러지면서 사는 거지요 그 스침을 무뢰한 낡음으
로 착각하는 약육강식은 잠자리와 개구리만도 못한 그
런 거라는 거지요

노매 老梅

조선 여인의 고단함을 말하듯
시위 당긴 활처럼 굽은 등걸로 피워낸 꽃
멍울멍울 베어 문 북받침이여!
겹겹으로

타전

열꽃 피었다
몸뚱어리마다

그대가 툭툭 간질이면
달아오른 콩깍지처럼
비비꼬다 키득키득
쏟아내는 봄 봄 봄

땅끝에서
북으로 북으로
자지러지는
타전

홀랑
깍지 씌우는

버드나무 가지를 보라

헝클어진 마음
빗질이 되지 않는 날엔
전주천변 버드나무 보러 가야 한다

잔가지 흔들며 사운거릴 때나
태풍 불어와 사납게 밀어붙일 때에도
생의 고비는 있지만
심지만은 진중해 아래로
아래로 깊게 맑아져
생을 가다듬지 않는가

사방이 어두워 디딜 발이 없을 때
사납게 낭창이면서 스침의 간격 이루는
그 발 없는 속내 밟아 보러 가야 한다

어신

찰랑찰랑 흔들리는 표면은
물의 깊이에서 밀려나온
울렁이는 내면인 거라
물 밖
포물선 그리는
낭창한 동력에 툭 툭
박동 매고 싶은 거라
달콤한 미끼의 마력
흔들림 가쁜 수담手談인 거라
그래서
수초조차 걸림이 되지 않는
당기는 믿음인 거라
끊을 수 없는 소통인 거라

무엇이 되고 싶다

휘청이는 그 나무 위해
기우뚱하지 않는 힘이 되고 싶다
뿌리가 송두리째 흔들리고 있는
상체의 버팀목되는 순수
생채기 덧나지 않을 부드러운 입술로
숨막히는 포옹을 하고 싶다
저 숲에 내리꽂히는 창창한 햇살
나무의 중심 잡아주듯
단 한 번의 눈빛만으로 깊어지는 뿌리
내가 너의 깊이에서
너이고자 할 때
그 기류의 힘으로
온갖 것들의 소리 품어 퍼덕이며 박차 오르는 일
계절 따라 굴곡을 앓아도
나이테는 아름다운 곡선이 아니던가
그러하기에
희망이 절망일 때
그의 든든한 몸동 안에서
가지 뻗어 잎으로 피어나고 싶다

그의 꽃이 되어
풋풋한 향기 건네고 싶다

경기전에서 혼불을 듣다

대나무 숨소리 듣고 싶어
최명희문학관에서
혼불 이야기 듣고 경기전으로 발길 옮겼다
삼월 하순의 막바람 매섭게
대숲 흔들고 있다
댓잎 스러지며 쏴아아 강모의 늑막 울고
대나무 부딪치는 소리에선
텅 하고 대실아씨 빈속 걸어 나온다
혼을 읽으려고 대숲 들어서니
창창한 햇발 귀를 씻어주어 부신 청력이다
혼불문학관에서 들었던 최명희님의 목소리
노매老梅의 꽃망울 되어 또롱또롱하다
혼불을 읽으며 내 가슴을 치던 언어들
사분사분 걸어 나오고
거멍굴, 아랫몰 사람들 타박타박 걸어 나와
쓰디쓴 한숨과 모지락스럽고 매운 옹이 토해낸다
이씨 종가의 애환들
청암마님의 굳은 심지의 말들
조선왕조의 굽이치던 결들이 겹쳐진다

"내가 망하지 않으면 결코 나라는 망하지 않을 것이
다"*
　삼동에 얼어 죽지 않은 풀꽃이 피어나고
　눈꽃 맞으며 향기 모으는 매화를 보면서
　그렇게 결연한 다짐이었구나
　그래서 푸르게 올랐구나!
　경기전
　빈 서고에 활활 오르는 푸른 혼불

*『혼불』 1권 「암담한 일요일」 청암마님 말 중에서

반딧불

저는 조무래기입니다
조무래기라고 하기도 부끄러운,
전화 걸거나 누구인지 대답해야 할 때
난감하여 아무 슈퍼 아줌마라고 그럽니다
가끔 내 집에
대선배 시인들이 오십니다, 모십니다
까마득하고 아득한 말씀은 서정이 가득하여서
제 조무래기 시절도 읽습니다
하지만 그 어른들의 서정은 무주구천동에 모인 반딧불
인 반면
내 서정은 찾을 길 없는 반딧불에 불과합니다
그 흔하디흔한 반딧불이가 다 무주구천동으로 간
까닭 모를 리 없건만 찾을 길이 묘연합니다
그들의 숙주인 다슬기 배반한 죄인 변명만 늘어놓습니다
원인은 원인일 뿐이라고…… 그래도
그런 날은 발치 곁에 있다는 이유만도 행복합니다
반딧불로 모시었으니 감히 반짝임 꿈꾸지 않겠습니까
내게도 찾아들까요?
눌린 눌인*님이 숨쉬고, 반딧불이 초랑초랑한

무주를 사랑하는 시인을 읽으면
구천동의 숙주라도 될까요
형설지공하면 발광되는 꽁지가 될까요
구천동에 나래 펴는 날입니다

무인도

수심이 골 깊은 해저에 있고
물길은 산처럼 높아 닿을 수 없음이지요
바다색 푸를수록 멍울도 짙다는 거지요
거긴, 육지에서 날아온 씨앗이 무성한 가지를 뻗고
뿌리 자꾸자꾸 깊어진다지요
둥지도 틀지 못하는 새가 잠시 머물고
쉽게 떠나지 못해 휘이휘이 돌다 돌아보지도 못하고
떠난다지요
에이고 에여서
그러하니 동그마니 서서
그저
견디고 견디며
온몸으로 안는 것이 강풍이라지요
철철마다 다녀가는 바람 뒤에서
퍼런 손짓 헛헛해서 무인도라지요

2부

버선발로 오는 사랑

대문이 없는 외가
문으로 들어가는 길은 길고
마당은 넓었다
논길 밭길 에움길
한나절은 걸어서 가야 했던
어릴 적 조금 두렵고 많이 즐거웠던
그 길고도 넓은 사랑
마루에서 좁다란 길까지 달려오시며
아이고 내 강아지 오는가
외할머니의 버선발이 있는
부엌 앞 돌확에서
붉은 고추 썩썩 갈던 외숙모의 손
시설스럽지는 않으셨지만 어서 오너라
뒷마당에 서면 널따란 논, 거기
메뚜기 떼 후루룩 날던 영원면 장재리
내 어머니 택호가 장재댁이 된
30년 훌쩍 지나
외가 식구들도 등진 곳
허리춤 질끈 동여매 더 작아진

내 어머니의 어머니
툭하면
달려나오시어
가슴 먹먹하게 하는 그 버선발

꽃샘

갈채하는 저 빛에
한 잎 내어주고
동동거리는 숨

호기심 가득한 들것들
발정난 봄
안아 버린 참담함

태종대 플라멩코

저음으로 연주하는 빗줄기
호소하듯 흐느끼듯
무희의 몸 감고 내리는 플라멩코
집시들 몸짓이 지어내는
몸의 시입니다
마음 두드려 격정으로
이끌어내는 외침입니다
선착장 몽돌 안고 애무하는 바다가
황홀겨워 차그르르 차그르르 차그르르
자위행위로 이끌어내
다중 오르가즘으로 들게 하는 저 속성
아!
귀 막고 눈 감고도 절정 오르는 전율입니다
밀려와 부서지는 동조同調여
그대 안고 스러지는 환미幻味여
몽상이어도 좋을
자지러지는 육체의 서사시
심장 달구는 와인 한 잔에
심해까지 가 닿다 솟구치는
율동의 언어입니다

호박벌

호박벌이 경계를 넘었네
그 녀석
호박꽃에만 종사하지 못하니
도심 화분에서
호객하는 고추꽃 탐하고 있네
그 작태를 지켜본즉
꽃보다 큰 몸 살짝 웅크리고
꽃 속을 입맞춤하듯 드나드네
한 번 들어간 꽃 속엔
절대 들지 않는다는 것
뒤돌아보지 않는 저 습성
냉정하게 돌아서는
어떤 사랑의 말로 같네
이 꽃 저 꽃 다 안고 쓰러진 다리
질투의 화신 노란 꽃가루 무거우리

유혹은 황홀한 것이어서
간혹은 길 잃은 철새가 된다는데
저물어 외롭지 않을

꽃 위한 꿀
거기에도 굳은 꽃심지 하나
오래도록 꽂혀 있으면 좋겠네

너를 취하련다

남춘이 북춘이의 가슴팍으로
막 밀고 들어가는 거라
그녀러 교태
성근 가지 그
등걸마다 휘감고 돌면
헤죽헤죽 웃다 간드러지는 거라
그 전염병 같은 끼
달거리 끝난 여편네인 거라
저 화냥기에 답삭 잡혀 옴짝 못하면
혼미한 채 스러지고 마는 거라
그러한들 또 어쩌랴
휘모리장단 껴안고 뒹굴어 보는 것이제
이 봄

내리는 빗속에

항상 거기 서면
내 안에도 비 내린다

가질 수 없는 그것
집착으로 다가서는 이런
날은
도사리고 있는 아픔이 서럽다

허물어진 담장
힘겹게 매달린 담쟁이
분리를 거부하는
처절한 모습

내리치는 빗줄기마저
애돌아 흐르면
얽히지 못한 말들
멍울멍울 얽힌다

비밀의 화원

행동의 이면 보아버린
비밀 위한 비밀
그 비밀이 더 아프다는 것은 빛을 잃었기 때문이다
고착시키고 싶은 욕망 겹겹으로
장막 치고
하찮지 않은 것들 묶어두기 힘겨워
울음 밖 서성일 때
울음은 스스로 가두고 마는 것
'척'과 '척' 사이에서 모르쇠로 일관
하여,
바람의 소용돌이
회오리로 오르려는 그때
뚫고 나갈 기폭제에 불 붙여볼 것인가
외면하며
그늘이 되어 달라 소리칠 것인가
초목조차 없는 광활한 대지에서
돌아오지 않는 메아리의 헛꿈
지층으로 가두고
종지부 찍듯 가슴 움켜쥔 단말마의 비명

아! 숙명이여
사람과 사람 사이
‘척’과 ‘척’ 사이
오로라 빛깔 명료한
깃발 하나 소리 죽인 아우성

꿈과 현실

동그마니 웅크린 채
깊이 재보다
한 겹, 한 겹 덮개로 덮고 말았다
봄이 왔건만 그것을 걷어내지 못하고
그 속에서 속수무책
여린 잎만 틔우고 있다
바늘구멍, 그 빛 눈부셔
감아버린 눈
아득하게 잠길 수밖에

이대로 허리 꺾을 순 없다

한 겹의 포장 걷고 실눈 뜨고
조리개 키운다
한 호흡, 두 호흡 숨길 연다
여리디여린 잎 광합성 시작한다
온실 속의 화초 생각하다
오월의 풍경 생각하다
오월을 장전한다
구멍구멍마다 속사速射를 꿈꾸며

소지 燒紙

천년의 뿌리 향해
뱃속의 오욕 모두 거두고
두 손 가득한 소지

때마다
부처의 모습으로 안위하여

오욕의 자리 초록 심지 돋우고
사르르 불사르는 손끝마다
노오란 기쁨 열어주는

천태산 은행나무는 성자
천년을 좌정하고도

단풍

오색 만연한
저것들, 오늘도
붉어진 밀어의 찌꺼기
활활 태우고 있구나

그 요물 속내 드러내
칠갑하고
자빠졌구나
여기저기

애간장 타
열병 앓는 저 님네들
바람 팽팽하여
하늘로
둥둥 오르는

고뿔

며칠째 내 몸에 들어와
자빠뜨리고
마음대로 날뛰며 놀아나는 그놈

속수무책으로 당해야 하는
이 무력함과 한심함
옴싹 안고 당해내는
속절없는 아픔
신열에서 오는 오한
앓으면서 생각하니
참, 둘이 같이 사는 것이구나

이놈에게 진다는 건
손놓는 것이니
안에서 살기는 살되
지멋대로 못 하도록
차라리 내 피로 흐르게 하리라

참-게와 참깨

참게
알처럼
고소한 이 언어는
참-게 뒤에 오는 사랑이다
그렇다고 웃음이나 울음을
참으라는 말은 아니다
웃고 싶을 때 웃고
울고 싶을 때 토해내는 그 후련함
삶의 보약이 아니겠는가
가령 미워 죽겠다던가
보기 싫어 죽겠다던가
이럴 때 죽을 순 없지 않은가
억울해서 분통 터지는 울화라던가
단근질 참듯 참아야 하는 것들
이것을 위한
– 참는 게 아재비다
– 참는 자에게 복이 있다
– 참을 인忍자 셋이면 살인도 면한다
이렇게 참을 인자에 목숨 건다면

죽을 일도 없거니와
치미는 화도 석삭이지 않겠는가
볶아야 고소한 참깨가 되듯
우리도 볶이며 볶아대며 사는데
그 뒤에 오는 것은
참게알 같은 고소함이 아니고 무어겠는가
그러하니
참으시고
참깨나 볶아 봄도 좋지 않겠는가

3부

먹잇감과 먹이꾼

빙빙 돌면서 놀자 했다
단번에 확 낚아채지 않고
슬슬 간과 맛을 보았다
설마하면서 놀잇감이 되어 주는 시간
그 시간에 살점 뜯어먹히는 줄 몰랐다
먹히다 아물다 반복하는 동안
깊어진 상흔
깊게 파인 우물이 되었다
언제나 마르지 않는 그 속
헤어날 수 없는 기쁨인가!
깊고 깊게 우물 만들어
빠지게 할 줄 몰랐다
그 먹이꾼 자기가 끈 모자라는
두레박이란 걸 짐작치 못했다
게워낼 수 없는 살점 때문에
늘 속이 아팠고 늘 목이 말랐다
한 치 앞을 보지 못해
소리로 가늠하는 깊이는
혼동의 낙차여서

늘 불안하지만
우물 안과 우물 밖 이야기는
수밀도의 내재이며
언제나 푸르른 외연이다

4월, 잔인하다고만 할 것인가

사월로 들어섰는데도
태백엔 눈 오고
남쪽엔 강풍 몰아치고 있습니다
지쳐 건너온 삼월 토해내는 설움 치받아
목울대 꺽꺽이다 흐느낍니다
요동치는 오늘 지나도
산수유 목 열린 채 초랑초랑할까요

바닥을 차고 오르는 비상이 가볍고
짓눌린 추위 속 뚫고 오른 꽃이 위안되는 봄
골 넘어 능선 오르면
들이차는 모든 것이 환희 아니던가요

동면하고도 깨어나지 못하는
깊고 깊은 아둔함
난타해야 요란하지 않겠는지요
지금
온몸으로 받아들이는 이 격정
자궁 열어 씨받이되어 볼 일입니다

칠삭둥이 팔삭둥이라도 내 몸 찢고 나오면
한 꾀하는 꽃 되지 않을까요

겨울 호수를 보며

저 결빙
입자 하나하나가 물고 물려 이룬
무엇도 범접할 수 없는 하나가 된 성
들어가 두 발로 쾅쾅 소리내어
그 속엣것들 불러내고 싶은
이 겨울 단절된 마음속의 불입자
성 밖
노숙하는 바람에 너울거리다
떨어지는 함박송이 송이들
빙상 위 미끄러지듯
내려앉아 하염없이 쌓여가지만
제 결빙 모른다 모른다
절레거리고 있나니 오늘, 그
흔들림 숙지하지 못하는
얼어버린 육신과 영혼
결빙 속에 갇힌 물과 어류
수초의 뿌리 그들을 위해
무엇을 말하겠는가
언 성대는 녹지 않는 빙점
그 아래서 굳어진 목각인 것을

동심루에서
— 김제 조각공원을 다녀와서

산벚꽃 눈에 넣고 잔숨결 이루오나
연둣빛 속잎조차 재우진 못하느니
화득짝 피어오르네 맘에 깃든 저 빛깔

뉘라도 다가서면 흥 아니 돋우겠소
나그네 들썩인 맘 모른다 어이하리
산그림 고요히 안은 저 호수도 홍조로세

초파일 밤
— 전주 승암사에서

마음과 마음이 피워낸 저 불꽃
아름답다
멋지다
세 살배기 절집 손자
신발 신겨 달래더니
연등 아래 내려서서 하는 말
멋지다, 멋지다, 멋지다!
이천 개의 마음 밝혔으니
꽃이 아니고 무엇이겠는가
이 광경에 놀란 연 담긴 함박 속 개구리들
일제히 합창한다, 개굴개굴 개굴 개굴개굴
서당개 삼 년이면 풍월 읊는다더니
절집에 묻어 사는 개구리
연등에 핀 축원 읽었을까
약속이라도 한 듯
불 밝힌 마당에서
스님이 축경 외우듯
탁목조 번뇌 쪼며 생을 삼키듯
한바탕 독경 외우고 조용하다

절밥에 나물 넣고 비비면서
부처이고 가족이고 정인이고
함께 비빈다

연꽃 위로 오른 심청이가 된다

업業

꿈에 아이 업으면
근심 생긴다는데
가끔씩 내 등에 업혀 오는 아이는
어떤 짐 나누고 싶은 것일까
꿈에서 깨면 무슨 일이 생기지 않을까
마음이 무거워진다
나에게 짐 지워질까 봐 두려운 것인가
항상 마음 나누어야지
무거워하는 짐 나누어 져야지 했지만
내 안에 무거운 돌덩이
나누고 싶었던 것인가
이렇게 종일 그 생각에 사로잡히는 것 보면

아이는 참 예쁘고 귀엽고 반가운 존재인데
꿈에선 왜 짐이 되는 것인가
업이라는 것은 아이 키워내는 것처럼
애지중지 보듬어 살피라는 것인지
등의 아이가 무거운 날, 나는
사막에서 터덕이는 낙타가 된다

밤꽃

소년의 몽정 같은 꽃
성숙의 한 알을 위한
저 비릿한 어린 솜털
일부다처제가 아닌
일처다부제 같은 꽃
그 겨드랑이에 숨어
암내 피우는 씨받이를 위해
숫꽃자루의 치열한 방출
그 방출 끝에
폭삭 저버리고 마는
고개 숙인 꽃자루

한 생의 사내
온몸으로 쏟아붓는
사랑
씨앗을 위한

개망초

혼불문학관 가는 길
저희끼리 키재기하는 개망초
지천에 피어 혼불 피워내고 있다

임 보러 가는 길
희디흰 꽃잎 열어 그 임의 빛깔 보이고
못다한 저 벌판을 노래한다

매안과 새 정거장
근심바우 거멍굴 고리배미는
낫자루 형상으로 있다 했다
그 촘촘한 생명 또렷이 피어나
들녘에서 만장이 되고
그곳에 선 나도 만장이다

산경

차창 밖
비 그친 산수
첩첩으로
파르라한 처연

칠부능선
물안개 휘두른
좌선은
하얀 속치마
입은
단아한 여인

고요를 부르고
적막 속에 앉아
삼엄한 경계
속
황홀한 칩거

졸음

매미소리
폭염 찢는다

속눈썹에
매달린
한 짐 눈꺼풀

풀꽃 지쳐가는 시간
열기 감아내는
덜덜거림

깊숙한 찰나
계세요?
삶의 획,
긋는 소리

장마

활짝 개인 날이 그립다

비는 변덕스런 마음같이 내리고
습한 옷자락 척척 들엉기듯
떨치지 못하는 생각들
가시 찔린 것처럼 아프다

오월의 장미는 가고
늦은 가지에 맺힌 봉오리
가시 곁에 웅크린 채 장대비 맞는다

오월과 칠월 사이
좁히지 못하는 간격으로
처절하게 흐르는 봇물일지라도

젖은 잎이여
기필코 피워야 할 봉오리
거기 있나니
그대 볕바라기 작열하라

비가 悲歌

껍질 벗길 때마다
하나의 껍질 속에 하나의 매운맛
그 매운맛에 깃든 단맛 찾기 위해
매일매일 벗기면서
매일매일 서러웠다
감추어진 단맛에 대한 서시 만날 수 없고
후기 또한 펴보지 못하기에
과정은 돌고 돌아 매번 다시 시작이다
애간장 녹이는 에밀레 종소리 같은
그것은 한 음절에 닿아도 없는 소리
그러니 메아리도 없다
씨앗은 겹겹으로 옷 입어 내포한
맛의 비밀 가두고
사락사락 젖어 와 농후한
길들이기만을 강조한 탓일 게다
가변을 기대할 수 없도록 말이야
동글동글한 원형만으로
안착 없는 구르기만 하고 있는 것이야
마지막까지 벗기려든다면

남는 건 공꽃이 될 터이니
뿌리까지 가두어
진액 같은 그리움
파문만 남은 물길 없는 호수인 거다

꽃불

가슴이 두방망이질하는 날엔
당신 심장에도 꽃불이 붙었구나 생각합니다

남녘에 매화향 흩어지고
개나리, 병아리 줄탁으로 종종거리고
산수유 봄의 축포 쏘아 올리면
진달래, 산벚꽃, 철쭉 궁둥이 실룩실룩 돋아나다
가슴팍 열어젖히고 실실거립니다
홍역 앓듯
열꽃 확 불붙고 맙니다

봄볕 입맞춤하지요
바람 살랑살랑 꼬리 흔들지요
하늘 자꾸자꾸 내려와 꼬드깁니다
한바탕 살 비벼 보잡니다
이런 날은 줄탁을 하고 싶습니다
그대는 나를 위하여
나는 그대를 위하여
톡톡 톡, 톡톡 톡

꽃이 화끈 달아오르고
심장에 꽃불 확 질러대면
그러면요, 아마
중모리 중중모리 자진모리 휘모리
그러다
홀딱 벗어부치고
환장하는 봄일 테지요

말 못하는데

꽃대 자르려다
피지 못한 한 송이
차마 그대로 두기로 했네

봉오리 하나 만들어 낸다는 것
저미는 인연 하나 품는다는 거

몇 날 몇 날 몇 날 밤 속울음 속에서
파닥거리는 그 기쁨
목을 분지를 수 없어
가만 내려놓은 숨

그 여분의 간절함
눈그림으로 넣어
깊어지는 꽃
무너질까 두렵네

선연한 핏자국으로 피어나
깊이 새긴 한 송이

지우지 못하는데

꽃이라 말 못하는데

달

추석 전날
문자가 왔다

그 달이
이쪽을
기웃한 거다

꽃술

생각이 밖을 훔치다
놀랐나!
움츠린 기억 역력하다

저 깊디깊은 속에서
차올라
주체할 수 없이 붉어진 심사
다독일 수 없어
입술 열어 내민 소리
그 끝 봉긋하다

닿을 수 없는 거리를 두고
혀끝에서
굳어 버린 자그만 설움

꽃술의 끝은
더는 내지 못하는 길처럼
밀어내다 거두어들인
말
슬픔 한 방울

쪽빛에 기록되는 것들

1.

높다랗고 둥그러진

9월 하늘에 드리운 크고 작은 애환을 본다

구름화풍

핵전쟁통에 피어난 버섯구름

그림이 될 수 없는 그 구름

부글거리다 솟아오른 화산불기둥 같은 구름

우리 가슴속에서 폭발하지만, 그 또한 쪽빛에 들지 못

한다

우주가 생기고 빛이 생기고

지구가 생겨난 이래 별별 일들이 얼마나 많은가

기억하지 못하는 것들까지 다 기록으로 남겼다

펼쳐 놓은 희로애락 본다

2.

목화솜같이 포근하고 예쁜

새털구름은 날씨가 맑은 후

흐려지기 시작하는 시초라 한다

면사포구름은 햇무리 달무리 만들고

비 부르는 구름이라는데 그래서
여자에게 면사포는 기쁨과 함께
눈물의 시작이기도 하는 것이런가
이해, 관계, 욕심이 부르는 역사가
희, 로, 애, 락, 인 것도
저 하늘 구름화풍을 위한 것
윤회―
먹구름 두터워져 내리고 나면
말갛게 피어나는 양떼구름
초원 달리는 양일 순 없을까?
안 되는 그림 버리고
화산 폭발도 버리고

석류알

봉긋 벌어지려는 붉은 장미의 이빨

첫날밤 하얀 명주수건 툭 번진 성혈聖血

자유, 또는 착각

어떤 시인의 시를 읽다가
전생과 이생에 대해 생각한다
그러다
복잡해지는 마음과
그 시인이 혼자 사는 까닭을 짐작해 본다
차마
떨쳐 버리지 못하는, 또
떨쳐 버려야 하는 심사에 대한 직결심판을 한다
인연은 연결고리처럼 걸리는 거라고
작금의 말놀이가 누구누구의 경전에서 놀더라
한때 회오리에 묶여
기류를 타지 못하는 날개가 이런 것인가

흙탕 속에서 발을 빼도 남는 그것은
절정의 꽃 속에 꽃이 또 숨어 있는 거라고
말장난에 또 장난을 쳐도
돌 위에 또 돌이 서는

무화과

꽃이 없는 열매라는 뜻의 나무 하나
모르는 소리
안으로 안으로만 꽃피우는
단절된 사랑이란 걸 모르는 게지
삼 년 연장자루하고도 꽂아 두면
뿌리내린다는 그 힘
심장에 단 한 번 번개처럼 꽂히어
속수무책 자라는 그 무성함 아니겠는가
꽃이라고 어디 다 같은 꽃인가
숨은머리꽃차례 열어보면
서슴지 않고 내보이는 심장
화들짝 피워내는 달콤함이라니
알알이 알알이로 옥니처럼 박힌
조롱 안의 순수
유한하게 이루었으니
없음의 무無가 아니고 무언의 꽃이 되는 것
금단의 열매
그 원죄에 예속되어 옴짝할 수도 없는

늪으로 가는 것은

더듬이를 잃어버렸다
방향을 더듬을 수 없으니
길은 어둠의 깊이를 헤맨다
모든 것 다 버리고
가벼워지고 싶었지만
그 가벼움조차 겹겹으로 쌓여
짓누르고 기억 압사한다
하늘과 땅 사이 닿을 수 없는 거리
천둥소리 수직으로 내리면
더욱 암담해지는 더듬이 없음
완강하게 처절한 방황, 그 끝에 서면
어둠 덮고 뚜렷해지는 사물들
낙엽에서 파릇한 잎의 생기
그 사이에서의 결빙
그 결빙이 언제나 결빙일 수만은 없듯
자라나는 더듬이의 감각은
그 늪의 깊이를 알아 그예
방향을 디디고 선다는

화석이 된 적 있는가

나락으로 떨어져 본 적 있는가
쾅쾅거리는 가슴
숨조차 쉴 수 없어
만사 버리고 싶은 적 있는가

잡풀들 자라나
길도 보이지 않고
자꾸만 헛발로 비틀거린 적 있는가

구름 한 점에도 눈물나고
텅 빈들 허무해 보여
자꾸만 깊어지는 한숨, 들은 적 있는가

어디에도 섞일 수 없는
마음 키우다
자꾸만 스러지는, 잠
기억을 묻는 화석이 된 적 있는가

4부

비백飛白*에 그리는

저물어 가는 바다
새 한 마리 외롭게 유영하네
길 잃은 지 오래던가
접지 못하는 날개
쉴 곳조차 찾지 못하고 끊임없는 선
긋고 또 긋는구나

풀리기를 거부한 채 퍼런 멍울로
늘 섬돌에 부딪치는 파열음
솟구쳐 오르는 거기
버얼건 노을 젖어들면
너도 목이 메는구나, 목울대 키운 채
소리 끌어안는구나

소란스럽던 발자국들
계절 밖으로 사라진 밤
별 다듬어 칠흑 안은 채
아직도 비백을 만드는 서체書體
매워지지 않는 여백을 두고, 우리

중언부언하고 있구나

* 비백飛白 : 십체十體의 하나. 후한 때 채옹蔡邕이 만든 서체로 팔분八分과
  비슷하지만, 획을 나는 듯이 그어 그림처럼 쓴 서체이다.

겨울밤

자지러질 듯 파리한 달이
우듬지에 걸려
꼬챙이에 찔린 살갗처럼
파르르 떨고 있다
아른거리던 모습 얼비치다
등성이 넘어 어두워지면
가슴은
겨울 강에 빠진 달처럼 깊다
둥지에서 빠져나가
죽지 꺾인 기억들
달빛에 가려 높고 높게 흐리다
가뭇없이 멀어지면
성엣장되어 떠다니는 아픔이거니
까무룩 암묵해지는 칼바람 속
발짝도 떼지 못하는
무방비 나목裸木
미명에서 아직도
달을 놓지 못하고

춘설 春雪

경칩 지나
사나흘 거푸 봄비가 내린다
소곳해진 눈두덩처럼
버들가지마다 봉긋봉긋하다
개구리 눈알도 사방에 있다
겨울은 시베리아쯤으로 잊었다
싶을 때

세상이 갑자기 흰빛이다
버들눈도 개구리도 흰 고깔을 썼다
멈칫 뒷걸음치는 그것들
소 뒷걸음에 옆구리 차인 것처럼
봄비를 엿보다 화들짝 놀란 눈
어쨌거나
구멍 속 신방 외짝눈에 든 새색시 새신랑처럼
접신되어 두근반 세근반인걸
까짓거 춘설 春雪 쯤이야

낙화

무심한 바람에도
저리 부리어
바위벽 수놓는구나
푸른 이끼
설렘 짜릿하구나

아리잠직한 햇분홍

지나는 나그네
바람되는구나
파르르 깊은숨 고르다

소원, 그 간절함

보름달
너에게 말한 비밀

구름 사이 오가며
실실 실소 보일 테지만
간절한 마음만은 알 거라

소박하지만
덧칠하지 않는
강렬한 불꽃

오늘밤
어두운 밤하늘 거기
둥근 쟁반에 담긴 밀어

그리고 그 행방

남천표모南川漂母

　　삼삼오오 속살거리던 이야기 생각나 헤실거리며 흐르는 물줄기 은하처럼 반짝인다 방천에 즐비한 푸른 억새 살가운 바람으로 빗금치고 따사로운 햇살로 가득하다 이곳에서 고운 때 빨아 말리면 인정꽃 피웠다던가 온갖 시름 삶아 말리면 심안이 맑아졌다던가 이렇던 남천은 상생으로 가 사라진 반딧불도 쉬리도 돌아왔건만 그 아리운 정 아직 먼길 돌고 도는가 함춘원含春苑 그윽한 풍정도 그 옛날의 것이 아니니 정겹고 훈훈한 말 그리워 찬찬히 옛 생각 더듬어 한벽당 각시바위 서방바위 곳곳마다 주섬주섬거리는 말

기린토월 麒麟吐月

용의 비늘을 밟고 오르는 기도의 계단 제월霽月처럼 비
구름 젖히고 맺힌 것 하나 없이 여의주 토해내는 기린
상서롭게 앉아 순수와 아픔과 그리움까지 흠없이 밝히
는 완산 수호봉에 서서 장장章章하게 오는 그대 백제의
여인처럼 두 손 모으고

고인돌
― 화순 고인돌공원을 다녀와서

모지락스런 비바람까지 품어
풍화될 수 없는 세월이라 말하리
오롯이 묻어 놓은 뼈의 기억
받침돌 너는
우직한 소명이었거니
기다린다거나 그러진 않더라도 항상
곁에서 피었다 지는 풀꽃처럼
안에 있는 호흡 같은 것
그 호흡 속에 내 숨도 있는 거라
축지법으로 세월을 거슬러
시원에 닿아 서성이다
변하지 않는 모습 보는 것
어제의 물이 오늘의 물이 아니라 하지만
그것은 언제나 윤회에 있는 것
변하지 않는 원질 속에서
전에 풀꽃이 돌이 되고
지금 그 돌이 풀꽃으로 피어
창창한 빛과 바람
견고한 시간의 원형을 가지고

불변의 과업
영겁永劫으로 가는 청동의 혼
나 거기 묻어가리라

지지대를 세우며

화분에 심은 고춧대
지지대를 세우라며
이웃집 아주머니가 튼실한
쇠막대기 가져왔다
주며 하는 말
뽑아가지 않게 여러 곳 묶으란다
인심이 흉흉하고 고물값 비싸니
걱정이 되어 하는 말이란다

너와 내가
쓰러지지 않으려 기대 보는 일
지지대가 되어 묶이어 보는 일
그리고
달콤한 주렁거림으로
먹혀주는 일의 일상
안간힘으로 버티려다 그만
쓰러지게 하고 낙하하게 한다면
그 모든 것을 잃는 일이라는 것
쇠막대기에 한 생명을 묶으며

삶의 축 또한 그와 같은 이치라
쓰러지지 않음과
썩힐 수 없음에 대해
어제의 오늘과 오늘의 내일이
기쁜 노래가 되는 다시금에 대해

동행

열려 있으나 닫혀 있는 귀
열려 있으나 닫고 싶은 귀

그와 그가 돌고 도는 길이란다

물의 깊이는 깊어도 자로 잴 수 있단다
마음의 얕은 깊이는 천 길 낭떠러지처럼
아득하고 아찔하단다

하루 사는 내내 변죽과
한 달 사는 내내 변죽과
일 년 사는 내내 변죽
그리고 평생 살아내야 하는 변죽
과녁 향한 투철한 내공이면서
황당한 일침이니 어쩌랴

이것이 한통속인 운명이라는 말
엎치락뒤치락 맞서다가도
발꿈치 따라

긴 긴 긴 길을 가고
몇 번의 보폭 맞아 떨어지면 그뿐
종내는 그 귀가
부드러운 문처럼 열리고
풀숲 풀벌레 소리
아름다운 음악인 것처럼
변죽을 치면 중심에서 곱다시 음악 된단다

일벌罰

장마라 날씨가 습해서인지
전에 안 보이던 바퀴벌레가 자주 출몰한다
새벽 물 마시러 간 그가
슬리퍼로 지그시 눌렀다기에
가 보았더니
죽은 바퀴벌레 옆에서 살 비비는 진경이라니
아!
저 미물도 정에 사무치는구나
인기척에 몸 숨기는데
멀리 가지 못하고 지척으로 살짝 숨는다
매정하게 덥석
하지만 놓치고 말았다
하나 그도 모르는 죄 물어야 한다
어찌 피해 가겠는가
비칠비칠 피 토하는 일가는 셋
모두 네 식구였나 보다
애도의 틈조차 주지 않고 잔혹하게 응징했다
영상 매체에서 본 그 잔인함에 내가 섰구나
후련함보다는

눈에서 떠나지 않는 그 진경이 밟힌다
동거할 수 없는 일격은
늘 마음에서 죄를 묻는다, 그러니
오늘도 한 짐, 두 짐, 열 짐
죄의 무게는
살아내는 만큼의 무게일 게다

설법에 들지 못하고

덕유산 백련사 가는 길
초벌 감물 빛깔든 가을이 우리를 맞습니다
서리 한차례 지난 우듬지 초록 고개 숙이고 여위어 갑
니다
길가 낙엽이 사락사락 가을 재촉하고요

전통찻집 얄팍한 수입으로 시인의 거리 만들고 구천동
에 나무가 되셨다는 시인의 찻집에서 시낭송도 하고 가
을의 고즈넉한 백련사도 볼 참으로 계곡 오르는데 노린
재 약충이 고혹한 빛깔로 함께 걷던 시인과 나의 발길
묶었습니다 길 가운데서 허둥대는 그놈 풀섶에 놓고 생
각에 잠겼습니다

가끔 불청객으로 찾아드는 바퀴벌레
동거할 수 없다는 이유로 면대 거부한 소동
그 후는 항상 죄인이었습니다
이놈이 내 집에 들었다면 그리하진 않았을 것입니다
이런 놈과 저런 놈 편 가른다는 것이 그렇듯
미운 사람이 마음에 들면 무거워지는 것도 그런 것입

니다

　하찮은 미물도 소중한 목숨이라 했고
　미운 사람도 사랑해야 한다 했거늘
　말과 행동은 하나가 되지 못해, 등은 물지게 진 것처
럼 아슬아슬 무겁습니다
　세속과 이속의 경계 물 흐르듯 흐르지 못하니 어쩝니까
오늘
　백련사에 오르는 길과 세속으로 내리는 길이 그렇습니다

당부

잎은
뿌리가 없다면
선 채로 비 맞아도
땅 깊이의 맛 모른다

뿌리와 잎의 거리
이어주는 물관
지금은 그 관의 생채기 치유를 위하여

뿌리의 영토
덮는 아량
그 잎의 자긍이 만드는 광합성

나이테만큼 짓눌린 수로 넓히고
뿌리에 가 닿아
소통의 물길 터주는 일
너
잎 잎 잎

울울창창
뿌리 깊은 나무가 되는 것

준비를 위한 울음

날기를 앞둔 새끼새의 어미는
냉정해져야 한다
둥지를 떠나야 하는
자식의 헛날갯짓을 보아야 하므로
어린 새끼의 간절한 부름을 모른 척
외면하는 아림이 눈물겹다
동생이 생김으로써 어미의 품에서
떨어져야 하는 자식의 울음소리가 그렇고
지켜보는 어미의 눈물이 그렇다
할미 둥지가 아무리 든든해도
제 둥지의 포근함만 못하니
그 품이 그리운 것을 어쩌랴
울지 않고 드는 잠과
울지 않고 깨는 잠이
하늘을 나는 새처럼 가벼워질 때
어미의 품 밖에서
조금씩 성숙해 가는
날갯짓
혼자 서기

가슴 '먹먹하게' 하는 '버선발'의 서정

호 병 탁(시인 · 문학평론가)

1

피아노를 치는 데 필요하기 때문에 손가락이 있는 건 아니다. 마찬가지로 시를 쓰기 위해 언어가 존재하는 것이 아니다. 언어는 인간의 의사소통을 가능하게 하는 실용적 도구다. 따라서 문학의 언어도 작가와 독자 간에 원만한 '소통기능'을 가져야 하며, 이를 위해서는 사람들이 일상에서 실용하는 살아 있는 언어에서 비롯된다는 것을 인지하여야 한다.

문학은 발신자인 작가와 수신자인 독자 사이에 일어나는 일종의 커뮤니케이션이라 할 수 있다. 전달 내용은 겉으로 나타나는 명시적 의미와 내면적으로 나타나는 암시적 의미가 있겠지만 어떤 경우에도 언어를 통한 '의미의 공유'는 필수적이다.

문학은 작가의 '언어적 제안'에 '독자의 동의'를 구하는 것이라 할 수 있다. 동의를 위해서는 당연히 '의미의 공유'가 전제되어야 하는 것이다. 이는 독자의 공감뿐만 아니라 독자가 새로운 이미지로 대상을 보게 하고, 모르던 사실을 인지하게 하고, 잊었던 추억을 되살리게 하는 등의 양상으로도 나타날 수 있다. 물론 문학에서 언어는 이념의 실천적 기능이나 서로 다른 견해의 조정기능으로도 발현될 수 있고 이것들은 복합적으로 나타날 수 있다. 그러나 이런 기능들도 '의미의 공유'라는 전제하에 발현될 수 있음은 주지하는 바와 같다.

인간의 의식에서 배태되는 시적 영혼은 존중되어야 한다. 그러나 시를 지나치게 비의화, 신비화하거나 '특별한' 인간의, '특별한' 정신적 산물로만 간주하는 것은 바람직하지 않은 일이다. 어쩌면 특별한 정신적 산물이가끔 문예지에 버젓이 실리는—'알 수 없는 지껄임'의 시가 되었을 공산이 크다. 시는 언어적 조형물이다. 조형물은 심미적이어야 하고 그 아름다움은 독자와의 공감으로 공유되어야 한다. 다시 말하거니와 이는 의사소통이, 즉 의미공유가 이루어질 때 가능한 일이다. 당연한 것으로 보이는 이런 원론적인 말을 강조하는 것은 바로 이런 원론적 언어기능을 벗어난 글들이 양산되고 있음이다.

의미공유라는 언어기능의 기본 원칙에 충실하며 동시에 깔끔하게 심미적 조형물을 이루어낸 시 한 편을 읽어본다.

대문이 없는 외가
문으로 들어가는 길은 길고
마당은 넓었다
논길 밭길 에움길
한나절은 걸어서 가야 했던
어릴 적 조금 두렵고 많이 즐거웠던 길
그 길고도 넓은 사랑
마루에서 좁다란 길까지 달려오시며
아이고 내 강아지 오는가
외할머니 버선발이 있는
부엌 앞 돌확에서
붉은 고추 썩썩 갈던 외숙모의 손
시설스럽지는 않으셨지만 어서 오너라
뒷마당에 서면 널따란 논, 거기
메뚜기 떼 후루룩 날던 영원면 장재리
내 어머니 백호가 징재댁이 된
30년 훌쩍 지나
외가 식구들도 등진 곳
허리춤 질끈 동여매 더 작아진
내 어머니의 어머니
툭하면
달려나오시어
가슴 먹먹하게 하는 그 버선발

―「버선발로 오는 사랑」 전문

독자들은 시인이 자신들에게 '신선한 언어'를 선사해 줄 것을 바란다. 신선한 언어란 적적으로 새로운 언어만을 뜻하는 것은 아니다. 그러나 '이전'과는 무엇이 다르더라도 달라야 한다. '이전'에 다른 사람이 보지 못한 대상을 보는 것, 모두 다 보는 대상이라도 '이전'과 다른 언어로 표현하는 것, '이전'부터 있었던 대상이지만 '이전'과 다른 새로운 의미를 부여하는 것은 모두 '신선함'과 통한다.

어린 시절, 외갓집에 가 외할머니의 따뜻한 사랑을 경험한 사람은 많다. 생각만 해도 가슴이 훈훈해지는 아릿한 그리움으로 다가오는 추억이다. 이런 '외가'와 '외할머니의 정'은 대개의 사람들이 공유하는 '이전'부터 존재하는 시적 대상이 될 수 있다. 그러나 시인은 이를 '이전'과 달리 표현하고 '이전'과 다른 의미를 부여한다.

연의 휴지休止가 없이 짧은 행의 연속으로 이루어진 위의 시는 외가가 있는 곳의 풍경은 물론 서사적 사건이 담겨 있고 거기에서 발생하는 정서가 함께 어우러진다.

시는 외가의 묘사로 시작된다. 그곳은 '대문'이 없었는데 그 '문'으로 "들어가는 길은 길고" 그 안의 "마당은 넓었다" 독자는 시의 도입부부터 긴장감을 느낀다. 시인은 '없는 문', 그 '문'으로 들어가는 길이 길다고 한다. 당시 시골에는 대문이 없는 집이 수두룩했다. 그러나 집안으로 들어가는 입구가 바로 그 집의 '문'이 아니고 또 무엇이랴. 비가시적인 바람과 허공이 실재하듯 외가의 실체

가 '없는 문'은 우리의 정서 속에서 '있는 문'으로 실재하
게 된다.

　외가로 가는 길의 묘사는 계속된다. 그 길은 '논길 밭
길'을 거쳐 "한나절은 걸어서 가야 했던" 길이며, 어린
아이가 혼자 가기에는 '조금 두려운'—반듯한 길이 아닌
굽어 돌아가는—'에움길'이기도 했다. 그러나 외할머니
를 만나러 가는 길이었기에 또한 "많이 즐거웠던" 길이
기도 했다. 여기서 우리는 '조금' 두렵고 '많이' 즐거웠던
길이라는 대척점에 위치한 언어구사에 주목할 필요가
있다. 이는 '외갓집 가는 길'의 미묘하고 복합적인 정서
가 서로 상반되어 교호하는 정황을—어린 아이의 시선
으로—정확히 포착하고 있는 구절이다. '길다'는 '멀다'의
비유가 된다. 이런 '먼 길'을 거쳐 시적 화자는 외가의
'넓은 마당'으로 들어서게 되는 것이다.

2

　외가에 가는 길은 '길고' 그 집 마당은 '넓었다' 그런데
다음 행에서 '풍경'을 형용하던 그 '길고' '넓은'이라는 언
어는 갑자기 인간의 원초적 정서인 '사랑'을 수식하는 언
어로 급변한다. 시적 긴장이 다시 야기된다. "그 길고도
넓은 사랑", 사실 이 구절은 이후에 언술되는 외할머니
와 외숙모의 따뜻한 반김이 있은 후에 나타나야 통사적
연관이 자연스런 말이다. 그들의 '정'이 바로 길고도 넓

은 '사랑'이 되기 때문이다. 이처럼 일상에서 상식적으로 사용하는 언어구조를 거부하고 새로운 표현방식을 채택하는 것은 일종의 '시행 걸침'으로 신선하고 창조적인 의미를 도출하려는 의도다. 실체적인 길의 '김'과 마당의 '넓음'이라는 의미는 그대로 연속되면서, 동시에 동일한 언어는 외가의 '길고 넓은 사랑'이라는 의미로 환치된다. 통사론적 부자연스러움에도 불구하고 이중의 의미가 형성된다. 그리고 두 의미는 서로 진동하며 확산되어 독자에게 '신선함'으로 다가오는 것이다.

시적 화자를 반기는 외할머니와 외숙모의 행동을 서술하는 다음 행들은 이 시의 백미다. 외할머니는 "마루에서 좁다란 길까지 달려오시며", "아이고 내 강아지 오는가" 하고 반긴다. "부엌 앞 돌확에서/ 붉은 고추 썩썩 갈던 외숙모"도 "어서 오너라"고 먼 길을 걸어온 조카를 반긴다. 두 분의 행동은 매우 대조적이다. 할머니는 집 앞 길까지 달려나오지만 외숙모는 자기 할 일을 계속하며 어서 오라는 말 한 마디뿐이다.

여기서 시인의 의도된 계산에 넘어가면 안 된다. 즉 할머니의 반김에 비해 외숙모의 그것이 열등한 것이 아닌가 하는 생각이 들도록 하는 계산이다. 그러나 외숙모의 반김에도 진정성이 담뿍 배어 있음을 간파해야 한다. 시적 화자는 그녀가 '시설스럽지 않은' 사람이라고 단서를 붙인다. 더구나 그녀는 '붉은 고추'를 갈고 있는 중이 아닌가. 평소에도 시설맞지 않은 사람이 자신의 일에 열

중하며 건네는 '어서 오너라'의 발화에는 누구 못지않은 반가움이 담겨 있는 것이다. 시인의 시선이 다른 외가 식구, 즉 외삼촌이나 이모에게 있지 않고 두 사람에만 머물고 있는 것만 보아도 그러하다. 두 사람의 발화는 짧다. 그러나 그것은 오히려 그 따뜻한 정의 울림을 증폭시켜 우리의 가슴을 친다.

특히 주목할 점은 인용부호만 없다뿐이지 시인이 두 사람의 발화를 직접 차용하고 있다는 점이다. 일상적 발화는 사적 측면이 그대로 드러나는 친숙한 소통체계이다. 독자들은 외할머니와 외숙모와 함께 있는 시적 화자의 공간에 들어가 적극적인 대화 상대자의 입장이 된다. 여기서 '의미공유'는 전혀 문제될 것이 없다. "아이고"와 "내 강아지" 같은 통속적인 구어체 발화는 그 일상적 친숙성으로 글에 생동감을 제고시키는 한편 독자와의 공감대를 크게 확장시키는 역할을 하고 있다. 이는 필자가 서두에서 말한 것처럼 원활한 의미공유야말로 독자의 공감을 유발하는데 있어 최우선적으로 전제되어야 할 명제라는 점에 잘 부응한다.

3

외할머니와 외숙모의 언행은 시에 서사적 사건을 부여하고 있다. 양산되는 많은 시편들이 자연의 아름다움을 묘사하고 인간의 사랑과 이별, 그리고 그 희열과 그리움을 노래한다. 그래서는 안 된다는 것이 아니다. 그러나 일상의 경험 자체를 언어화하는 것이 곧 시가 된다는 사고는 지양되어야 할 것으로 보인다. 만약 「버선발로 오는 사랑」이 외가에 가는 풍경과 그 아름다움에 대한 묘사, 언제나 반겨주는 외가 사람의 '정'과 그에 대한 '그리움'의 정서를 묘사하는 것으로 끝이 났다면 이 시는 별 볼일 없는 '그저 그런 시'가 될 뻔했다. 그러나 "마루에서 좁다란 길까지 달려"오는 외할머니와, 돌확에 "붉은 고추 썩썩 갈던" 외숙모의 행동과 그들의 정겨운 발화는 서사를 형성하는 '사건'이 된다. 희로애락에 울고 웃는 우리 일상은 대단한 것도 특별한 것도 아니다. 그러나 그 남루한 일상에서 사건적 서사를 도출하여 형상화시키는 것은 시인의 특별한 자질이다. 또한 좋은 시가 될 것인가 아닌가를 가름하는 요소로 작동될 것임도 확실하다.

위의 시는 '연'의 가름이 없이 '행'만의 연속반복으로—그래서 전체가 한 연이 되는 형식으로—구성되어 있다. 연과 연 사이의 휴지는 의미의 단속斷續과 호흡을 조절하며 시간적·심리적 거리를 두게 한다. 그러나 이 시는 앞의 연을 음미하는 휴지 시간이 없으므로 앞 행의 정서를 그대로 지닌 채 다음 행을 읽게 된다. 즉 외숙모의 '어서 오너라'가 아직 귀에 맴돌고 있는데 우리는 이미 "메뚜기 떼 후루룩 날던" "영원면 장재리"의 "널따란 논"을 보게 되는 것이다. 그리고 메뚜기 떼를 보고 있는

104

우리 눈에 '장재리'는 다음 행에서 벌써 어머니의 택호 '
장재댁'으로 환치되어 시적 자아의 회상 속에 머물고 있
음을 알게 된다. 앞의 심상은 지워지지 않은 상태로 지
속되어 새로운 심상과 연결된다. 30년이란 긴 시간의 간
극이 또 다른 심상이 개입하며 후다닥 발생한다. 그러나
그것들은 전체적으로 맞물려 조화를 이루며 서로를 지
탱하고 있다.

원래 이 시는 세 개의 축으로 이루어지는데, 첫째는
'외가에 가는 길'(7행까지)이고, 둘째는 '반가워하는 외할
머니와 외숙모의 모습'(13행까지)이고 나머지는 현재 시
간으로 돌아와 '과거를 회억하는 것'으로 구분될 수 있을
것이다. 그러나 시인은 첫 행부터 끝 행까지 이 구분을
무시하고 이어감으로써 '잔상'의 연결이 '동작'으로 보이
듯 생생한 감각으로 대상을 묘사하는 한편 끊임없는 '의
미화'의 연속 창출 효과를 발생시키고 있다. 이는 언어와
그 형식을 독특하게 운용하는 방법 중의 하나라 할 수
있다. 시인은 면밀한 계산 아래 언어의 속성을 변형하거
나 확대하고 있는 것이다.

자연을 노래하든 사회를 노래하든 궁극적으로 시는 인
생의 구경적究竟的 표현이다. 정서와 상상에 의한 삶의 해
석으로 '생명'과 '영혼'에 울림을 주어야 하는 것이다. 시
인은 결국 삶을 말하지 않을 수 없다. 30년이 훌쩍 지난
지금 시인의 외가는 "식구들도 등진 곳"이 되었다. 그 구
부러진 '에움길'이 아직 존재나 하고 있는지. 외숙모가

붉은 고추 썩썩 갈던 "부엌 앞 돌확"은 그대로 있는지.
아니 장재리에 지금도 외갓집이 그대로 남아 있기나 한
것인지. 현대화 속에 많은 것들을 우리는 잃고 있다. 메
뚜기 보기가 힘든 요즘 '메뚜기 떼' 나는 '널따란 논'은 이
미 사라진 지 오래다. 그러나 간직할 것이, 아니 그렇게
해야만 하는 것이 있다. 그것은 바로 우리 가슴을 지금
도 먹먹하게 하는 외할머니의 '그 버선발'의 사랑이 아니
겠는가.

4

　「버선발로 오는 사랑」이라는 한 편의 시를 좀 길게 다
룬 것 같다. 그러나 시 하나도 제대로 읽어내지 못하고
이것저것 집적대는 것도 보기 좋은 일은 아니다.
　이제야 시인을 거명한다. 배재열 시인은 오랫동안 혼
자 시공부를 해온 것으로 보인다. 그래서인지 문단에서
시인을 본 일이 거의 없었다. 혹 만났더라도 기억을 할
수 없을 정도로 조용했었던 것 같다. 그러나 이번에 만
나 대화를 나누던 중 그녀가 시에 대한 강한 집념과 이
를 위한 엄청난 독서량을 보유한 사람임을 파악할 수 있
었다. 그 정성과 공부의 결과인지 시인은 획일적이 아닌
다양한 스타일의 시를 쓴다. 앞의 시처럼 가슴을 먹먹하
게 하는 서정시를 쓰는가 하면, 선취를 느끼게 하는 단
시, 관념적인 산문시 등 여러 시에 능하다.

한 무리 참새 떼 날아오른다
입에 물린 노란나비 한 마리
저 처절한 아름다움

하늘에 핀
한 송이
경전

― 「찰나, 환해지다」 전문

　짧다. 그러나 경전을 대하는 것처럼 선취가 느껴진다. 시인의 치밀한 관찰력은 참새 입에 물린 나비 한 마리를 놓치지 않는다. 입에 물린 나비는 곧 나비의 '죽음'을 의미한다. 처절하다. 그러나 먹고 먹히는 것은 자연의 법칙이기도 하다. 바로 이것이 자연의 순리인 것이며 순리에 따르는 삶은 아름다운 것이다. 시인은 나비의 죽음을 인간의 삶에 대입시킨다. 지지고 볶고 아웅다웅하는 인간들의 삶에 비해 참새의 '생명'을 위한 나비의 '죽음'은 얼마나 깨끗하고 담백한가. 어렵게 읽고 배워야 하는 경전이 특별나게 있기나 한 것인가. 참새의 "입에 물린 노란나비 한 마리", 그것이야말로 바로 하늘에 그려진 경전이 아니던가.
　그녀의 이런 시선은 시인들이 가장 즐겨 다루는 소재의 하나인 계절을 노래할 때도 그 통찰의 날카로움이 번

107

득인다. 겨울의 끝자락에 가장 먼저 춘신春信을 전하는 "시위 당긴 활처럼 굽은 등걸"에 피는 매화는 "멍울멍울 베어 문 북받침"(「노매老梅」)이다. 그것도 "겹겹으로". 등걸 속에서 솟구쳐 올라 핀 꽃은 '한'이 북받친 것인가. '그리움'이 북받친 것인가. 무엇이 북받쳤는지는 몰라도 '북받쳐 피어난 꽃'은 참으로 신선한 발상이다. 시인이 간취하는 봄은 '열꽃 핀 몸뚱어리'가 되어 "달아오른 콩깍지처럼/ 비비꼬다 키득키득/ 쏟아내는 봄"(「타전」)이기도 하다. 그리하여 봄은 "땅끝에서/ 북으로 북으로/ 자지러지는/ 타전"이 되는 것이다. '비비꼬고, 자지러지는' 봄에 대한 이런 감각은 강하고 건강한 관능을 야기하기도 한다. 봄의 간드러지는 교태는 "달거리 끝난 여편네"의 '끼'와도 같다. 그 "화냥기에 답삭 잡혀 옴짝 못하면/ 혼미한 채 스러지고" 만다. 그러나 시인은 당당하게 노래한다. "그러한들 또 어쩌랴/ 휘모리장단 껴안고 뒹굴어 보는 것이제/ 이 봄"(「너를 취하련다」)이라고.

　우리는 봄이라는 계절의 한 단면만을 살펴보았지만 시인의 시각은 그가 사는 전주천의 버드나무에서도 범상치 않은 사유를 길어내고 있음을 알 수 있다. "사방이 어두워 디딜 발이 없을 때"에도 "사납게 낭창이면서 스침의 간격"(「버드나무 가지를 보라」)을 이루는 버드나무의 속성을 시인은 찾아내고 "그 발 없는 속내"를 알아야 할 것이라고 우리에게 넌지시 충고하고 있다. 바람에 흔들리면서도 낭창거리는 가지가 부러지고 꺾이던가. 여기에는 바로 '스침의 간격'이라는 통찰이 있다. 흔들리면서도 지켜야 하는 '간격'은 우리가 살아가는 삶이 요구하는 중요한 명제이기도 하다.

이런 시인의 삶에 대한 예리한 통찰은 다음 시편과 같은 곳에서 구체화되고 있다.

잠자리 애벌레가 올챙이를 잡아먹고 자라는 육식동물이란 것을 아시나요 그런데요 그 애벌레가 잠자리가 된 뒤에는 다시 개구리의 먹잇감이 된다 하네요 먹고 먹히면서 살아가는 논리가 약육강식의 관계를 이루는 것 같지만 실은 서로가 서로를 먹여 살리는 공생관계라는 거지요 그러나 찔러도 피 한 방울 안 나고 앉은자리 풀도 안 나는 만물의 영장이라고 있지요 남의 피로 내 살을 만들지만 한 번도 내 살 남 주어본 적 없는 그런 부류 말입니다 우주를 형성하는 것들이 살짝살짝 비껴가는 것 같지만 알고 보면 조금씩 제 살 닿아 공생하면서 산다는 거지요 그러니까 살짝 비끼어 사는 것은 비겁한 일 아니라 어우러지면서 사는 거지요 그 스침을 무뢰한 낡음으로 착각하는 약육강식은 잠자리와 개구리만도 못한 그런 거라는 거지요

— 「관계」 전문

잠자리 애벌레는 "올챙이를 잡아먹고" "그 애벌레가 잠자리가 된 뒤에는 다시 개구리의 먹잇감이 된다". 이 말이 사실이라면 두 생명의 관계는 '약육강식의 관계'가 아니라 "서로가 서로를 먹여 살리는" '공생관계'가 된다.

따져보면 자연의 섭리에 순응하는 미물들은 모두 공생 관계로 연결되어 있다. "하네요, 거지요, 있지요"로 맺는 독특한 어투는 시인이 무언가 불만이 있어 혼자 구시렁 거리는 것 같다. 맞다. 시인은 미물들의 공생관계를 인간의 삶과 비교하고, 인간의 철저한 자기중심적 사고와 행동에 대해 불평하고 있는 것이다. 인간이야말로 철저히 '약육강식'하는 이기적 동물이다. "우주를 형성하는 것들이 살짝살짝 비껴가는 것 같지만 알고 보면 조금씩 제 살 닿아 공생하면서 산다"는 시인의 통찰이 독자들의 뇌리를 친다.

잠자리 애벌레가 올챙이를 먹는다는 것이 생물학적 사실이냐고 시인에게 확인해 본다. 사실이 아닌 것을 어떻게 썼겠느냐는 확답에 시인의 열심이 다시 한 번 느껴진다. 시인은 끊임없이 직접 관찰하고 확인한다. 다음 시만 보아도 그렇다.

호박벌이 경계를 넘었네
그 녀석
호박꽃에만 종사하지 못하고
도심 화분에서
호객하는 고추꽃 탐하고 있네
그 작태를 지켜본즉
꽃보다 큰 몸 살짝 웅크리고
꽃 속을 입맞춤하듯 드나드네

한 번 들어간 꽃 속엔
절대 들지 않는다는 것
뒤돌아보지 않는 저 습성
냉정하게 돌아서는
어떤 사랑의 말로 같네

― 「호박벌」 부분

‘호박벌’이 ‘호박꽃’에만 들어가는 것이 아니라 ‘고추
꽃’까지 탐하고 있다. 호박벌의 덩치는 고추꽃보다 훨씬
크다. 벌은 "꽃보다 큰 몸 살짝 웅크리고/ 꽃 속을 입맞
춤하듯" 드나들고 있다. ‘입맞춤하듯’이란 직유가 맛깔스
럽다.

꿀을 다 딴 벌은 "뒤돌아보지 않는" 습성으로 "냉정하
게 돌아" 선다. 시인은 벌의 양태에서 부박한 인간의 "어
떤 사랑"을 느낀다. 꽃의 꿀은 화분花粉을 이동하기 위한
유혹이다. 이 유혹은 바로 생식을 위한 꽃의 안간힘이
다. 꿀은 벌의 양식이기도 하지만 실상 "꽃 위한 꿀"인
것이다.

인간은 사랑도 많이 한다. 그러나 얼마나 많은 사람들
이 서로의 ‘꿀’에 황홀해하다가 ‘꿀’의 끝과 함께 돌아서
버리는가. 시인은 다음 연에서 "굳은 꽃심지"가 "오래도
록 꽂혀" 있기를 희망한다. 이는 우리 인간들의 사랑도
굳게, 오래도록 견뎌내기를 희망하는 말에 다름 아니다.

시인에게 벌이 "한 번 들어간 꽃 속엔/ 절대 들지 않는

다는 것"이 생물학적 사실이냐고 또 물었더니 이번에는 "직접 지켜보고 확인한 사실"이라며 웃는다. 앞의 시는 시인이 스스로 화분에 고추를 기르고, 스스로 꽃이 피는 것을 지켜보고, 스스로 그 꽃에 날아든 벌을 오래 관찰한 연후에 인지한 습성을 단초로 삼아 쓴 것이다. 여기서 우리는 시인의 성실성과 진정성을 감지하게 된다.

소금에 곰팡이가 피겠는가. 성실함과 진정함으로 한 편, 한 편 깎여질 배재열의 시를 믿고 기대한다. 시인은 오랫동안 외롭게 움츠려 있었다. 개구리가 움츠린 뜻은 멀리 뛰자는 뜻이다. 이제 멀리 뛰기를 바란다.